DE LA THÉORIE

DES

TERRAINS SALÉS

ET DES MOYENS PRATIQUES

DE LES RENDRE A LA FERTILITÉ

MÉMOIRE

Lu à l'Académie du Gard dans sa séance du 10 février 1866,

PAR M. ÉMILE CAUSSE

Chevalier de la Légion d'honneur,

Membre du Conseil général du Gard.

NIMES

IMPRIMERIE ROGER ET LAPORTE

Place Saint-Paul, 5

—

1866

DE LA THÉORIE

DES TERRAINS SALÉS

24909

DE LA THÉORIE

DES

TERRAINS SALÉS

ET DES MOYENS PRATIQUES

DE LES RENDRE A LA FERTILITÉ

MÉMOIRE

Lu à l'Académie du Gard dans sa séance du 10 février, 1866

PAR M. ÉMILE CAUSSE

Chevalier de la Légion d'honneur,
Membre du Conseil général du Gard.

NIMES
IMPRIMERIE ROGER ET LAPORTE
Place Saint-Paul, 5

1866

C.

J'ai été heureux de voir que les idées économiques, déjà émises dans ce mémoire, se sont produites, presque identiquement, à la Chambre des Députés à l'occasion de l'Adresse. La vérité est une; les préjugés, les passions peuvent la comprimer, elle finit par se faire jour; la logique humaine est lente, mais impitoyable!

AVANT-PROPOS

———

Ce Mémoire avait été composé pour être lu à l'Académie du Gard; j'ai cédé aux conseils de l'amitié en le publiant; j'ai eu tort, peut-être; le public, arbitre souverain en cette matière, jugera; je me soumets d'avance à sa décision.

Le phénomène des terrains salés est peu connu; si l'on en parlait à un Parisien, il répondrait par un éclat de rire;

il a bien autre chose à faire! N'a-t-il pas les préoccupations de la Bourse, les danseuses de l'Opéra? Et puis la capitale du monde civilisé a aussi ses Béotiens; ne demandez pas à ces hommes comment germe le blé.

Nous avons été placés ici-bas pour comprendre, pour lutter contre les obstacles de toute nature imposés à notre faiblesse, pour aimer! C'est un devoir pour nous d'obéir à ces lois providentielles, de contribuer, autant qu'il est en nous, au bonheur de tous; je serais heureux si mes efforts pouvaient ramener quelques-uns de mes semblables dans cette voie, aujourd'hui délaissée.

Nimes, le 20 février 1866.

E. CAUSSE.

DE LA THÉORIE

DES

TERRAINS SALÉS

ET DES MOYENS PRATIQUES

DE LES RENDRE A LA FERTILITÉ

SOMMAIRE

Il y a trois mois à peine, à cette même place, je soumis à votre haute appréciation une modeste Nouvelle, fondée sur des faits vrais, mais dans laquelle, je dois le reconnaître, l'imagination a eu la plus grande part ; vous accueillîtes mon œuvre avec votre indulgence habituelle ; je suis heureux de pouvoir vous témoigner, encore une fois, ma reconnaissance.

Toutefois, Messieurs, m'est-il permis de vous le dire sans manquer aux règles d'une sage et prudente modestie ? vous attendez autre chose de moi ; vous ne dédaignez point la forme, sans doute, vous l'aimez — la forme charme l'esprit, façonne le cœur, contribue, d'une manière puissante, à la propagation de la vérité ; — mais ce qu'il vous faut, avant tout, c'est le fond, c'est l'utile, c'est le vrai ; heureux celui qui n'aborde vos séances qu'après avoir mêlé, dans une savante proportion, le

culte de la forme avec les déductions aus-
tères de la vérité !

Omne tulit punctum que miscuit utile dulci.

Je me propose d'appeler aujourd'hui
votre attention sur *la théorie des terrains
salés et sur les moyens pratiques de les rendre à la fertilité;* question neuve, d'un
intérêt essentiellement pratique et qui, à
ce titre, est digne, au plus haut degré,
d'être soumise à vos méditations.

Des circonstances qu'il est inutile de
rappeler, une passion innée qui m'entraîne, en quelque sorte malgré moi, vers
les théories agricoles, m'ont permis de
bien constater les faits; ce que je vous
apporte ici est le résultat certain d'une
longue expérience.

Pour que la question eût été traitée sous

toutes ses faces, épuisée, en quelque sorte,
des connaissances scientifiques étaient né-
cessaires; ces connaissances, je ne-les ai
pas; mais n'est-ce pas marcher vers la so-
lution que de bien constater les faits? Sur
les faits ainsi établis, la science fondera
son œuvre définitive; grâce à Dieu, il y a
parmi vous des hommes qui ne sont pas
au-dessous d'une pareille mission.

Reste une dernière objection : la théorie des terrains salés ne serait-elle pas
mieux placée dans un comice agricole? Je
le reconnais, mais je n'oublie pas non plus
que toutes les branches des connaissances
humaines appartiennent à votre domaine;
il m'est impossible d'admettre que vos
illustres fondateurs en aient exclu la science
la plus certainement, la plus directement
utile à l'humanité!

Le voyageur qui porte ses pas sur les
bords de la Méditerranée, dans cet immense triangle, surtout, formé par les embouchures du Rhône, et connu sous le nom
de *la Camargue*, aperçoit en face de lui,
autour de lui, d'immenses plaines frappées
de stérilité, comme par un fléau du ciel ;
un silence profond, qui n'est pas sans
quelque charme, règne au milieu de cette
surface unie ; il n'est interrompu que par
la clochette d'un troupeau, le croassement
sinistre de quelques corbeaux égarés et,
parfois aussi, le bruit lointain des va-
gues de la Méditerranée qui, soulevées par
le vent du Sud, viennent se briser avec
fracas contre le rivage. L'œil se perd à
travers des horizons sans limites : aucune
trace de verdure n'en interrompt la mo-
notone austérité ; on aperçoit seulement,
comme dans les nuages, lorsque les rayons

du soleil ont dissipé la brume, la croupe
neigeuse du mont Ventoux, les monta-
gnes dentelées des Cevennes et du Gevau-
dan, les clochers élancés de la vieille cité
de Constantin trônant en souveraine dans
ces immenses parages.

Quand viennent les grands jours de l'été,
lorsque les pluies sont rares, les rayons
du soleil plus ardents, ces vastes surfaces
se couvrent d'une poussière blanchâtre
qui éblouit et même blesse les yeux; la
végétation y est rare, rabougrie, d'un aspect sauvage; on voit çà et là quelques
touffes de salicors, le tamarisc oriental
et, sous l'ombre protectrice du tamarisc,
comme dans un lieu d'asile, la laiche,
le jonc sauvage, la fétuque rampante;
des hélices globuleuses de petite dimen-
sion, s'amoncellent sur les tiges des plan-

tes et les font plier sous leur poids; des brebis, des ânes, des chevaux sauvages, cherchent péniblement, à pas lents, une nourriture peu abondante, mais très-substantielle, dit-on, excitant, au plus haut degré, les organes de la digestion; quand le sol est fraîchement remué par la charrue, il offre les apparences extérieures d'une terre riche en humus, suffisamment colorée par les oxides ferrugineux, offrant à l'œil les douces perspectives de l'abondance; illusion mensongère, souvent fatale à l'agriculteur inexpérimenté! Une observation plus attentive laisse apercevoir à la surface, même dans les temps de sécheresse, une humidité perfide, symptôme assuré d'impuissance et de stérilité.

Le phénomène ne se produit pas toujours dans de vastes proportions; sur un

champ fertile, couvert d'une végétation
luxuriante, on aperçoit, çà et là, des parcelles dénudées, où rampent quelques
plantes marécageuses que dédaignent les
animaux les plus voraces; leur niveau est
presque toujours en contre-bas du sol;
c'est ce qu'on appelle dans la contrée des
sansouires.

Quelle est la cause du mal? C'est ce
que nous devons rechercher; si nous ne
connaissons pas le mal, comment appli-
quer le remède? N'imitons pas ces charla-
tans qui guérissent les maladies à distance!

L'observation exacte des faits, l'induction philosophique, le syllogisme, qui
n'est, au fond, quoique on en dise, que
l'induction philosophique sous une forme
plus prétentieuse, doivent être, ici com-

me ailleurs, nos seules armes pour aller à la recherche de la vérité; c'est la seule méthode que la Providence ait mise à la disposition de notre faiblesse, la seule qui soit digne de vous; Aristote l'a révélée au monde il y a trois mille ans! L'argumentation *à priori*, les fantaisies hypothétiques n'ont embarrassé que trop longtemps la marche progressive de l'humanité.

La mer, cédant à son propre poids, pénètre dans l'intérieur des terres adjacentes; par la loi mystérieuse de la capillarité, l'eau salée remonte à la surface, l'eau proprement dite s'évapore sous la double influence du soleil et du vent, le sel apparaît sous forme de cristaux.

C'est ainsi que les faits se passent ordinairement.

Le phénomène se produit parfois d'une autre façon :

Les eaux limoneuses des fleuves et des rivières comblent, par des atterrissements successifs, de vastes étangs ; l'eau salée refoulée, comprimée dans la partie inférieure, en communication permanente avec la mer par le sous-sol, vient affleurer à la surface.

Dans cette dernière hypothèse, les plaines salées ont, d'ordinaire, une très-grande étendue, en harmonie avec les anciens lacs qu'elles recouvrent; c'est ce qu'on remarque aux embouchures du Rhône surtout; les terrains salés s'enfoncent là dans les terres à plus de cinquante kilomètres de profondeur.

On a imaginé une autre explication :

la mer, a-t-on dit, a occupé jadis, les surfaces salées; elle y a laissé, en se retirant, des matières incompatibles avec toute végétation.

Cette explication ne nous paraît pas admissible par les deux considérations suivantes :

1° Partout où l'on rencontre des terrains salés, on rencontre aussi, invariablement, dans la partie inférieure du sol, au niveau de la mer, une nappe d'eau salée.

2° Les études géologiques ont démontré que la mer a occupé, à des époques plus ou moins éloignées, des parties notables de notre continent, le bassin de Paris notamment; or, je n'ai jamais en-

2

tendu dire que, dans ces contrées, on remarquât, encore aujourd'hui, des traces de terrains salés.

Et comment cela pourrait-il être? N'est-il pas évident que le sel déposé à ces époques reculées a dû être emporté depuis longtemps par la végétation spontanée, ou par les récoltes dues à l'industrie de l'homme?

Un terrain salé suppose nécessairement une couche d'eau salée permanente dans le sous-sol.

Ces parcelles restreintes de terrain salé, connues sous le nom de *sansouires*, ces tâches qui affligent l'œil et déparent le champ le plus fertile, méritent une explication spéciale; cette explication jettera un nouveau jour sur la matière.

J'ai déjà constaté que les *sansouires* sont invariablement en contre-bas du niveau du sol; l'on comprend, par ce fait seul, que les effets de la capillarité doivent s'y produire plus facilement.

Mais ce n'est pas tout : l'eau pluviale, par son propre poids, descend dans ces bas-fonds et y entraîne le sel qu'elle a dissous dans les surfaces plus élevées; les *sansouires*, si l'on peut s'exprimer ainsi, se salent par en bas et par en haut.

L'on ne doit pas confondre avec les *sansouires* ces surfaces déprimées que l'on rencontre partout, même hors des limites des régions salées, sur tous les points du globe

livrés à la culture de l'homme, auxquelles
on a appliqué cette dénomination si pitto-
resque de *culs de chaudron*; ici, en dehors
de toute action salée, ce sont les eaux
pluviales qui, en s'accumulant, étouffent
le germe et détruisent les récoltes; par
instinct plutôt que par une observation
scientifique, les paysans ne s'y trompent
pas : *ce n'est pas là du mauvais salant*,
disent-ils.

Un simple nivellement suffit d'ordinaire
pour guérir le mal; personne n'ignore
l'importance des nivellements en agriculture!

Le nivellement n'est pas sans influence
sur les terrains salés; nous le verrons
plus tard; ici son action est toute puissante.

La nature du sol joue un rôle important dans le phénomène de la salaison.

Les terrains compactes, dans lesquels l'argile est en excès, subissent, à un très-haut degré, l'action du sel; on peut aller jusqu'à dire *qu'il n'y a de terrains salés que les terrains argileux;* on le comprend sans peine : l'eau pluviale courant à leur surface, comme sur une plaque de marbre, ne pénétrant pas dans l'intérieur, laisse, en quelque sorte, la place libre à l'eau salée.

Ici se présente un fait bizarre que l'on s'explique difficilement : plus un terrain est imperméable à la surface, inaccessible à l'infiltration de l'eau pluviale, plus il est exposé aux effets de la capillarité inférieure; ne pourrait-on pas dire que dans les ter-

rains compactes, les interstices étant plus
rapprochés, l'ascension, par l'effet des
courants capillaires, se produit plus facilement ?

Par un hasard véritablement déplorable,
qui a pesé et qui pèsera longtemps encore
sur nos contrées méridionales, les atté-
rissements successifs qui, a des époques
plus ou moins reculées, antérieures peut-
être aux temps historiques, ont comblé
les lacs immenses qui bordaient les embouchures du Rhône, renfermaient une
proportion trop considérable d'alumine;
ce phénomène a eu lieu surtout dans le
delta historique de la Camargue.

Le même fait se produit encore de nos
jours : les terrains délaissés dans nos contrées par le Rhône sont, en général, trop

argileux, moins propres à la végétation, que les alluvions du Gardon.

Pourquoi cela? Le voici, selon moi :

A partir de la ville de Beaucaire, le courant du Rhône n'a qu'une très-faible pente; — la prise d'eau, qui forme la tête du canal d'Aiguesmortes, n'est qu'à six mètres au-dessus du niveau de la mer. — Ce courant n'a pas assez de puissance pour entraîner avec lui les pierres, le sable, les graviers; l'argile seule reste en état de suspension; les dépôts ne sont pas suffisamment amendés.

Le phénomène des terrains salés doit donc être attribué à une double cause :

1° Une nappe d'eau salée souterraine s'élevant à la surface par l'effet de la capillarité;

2° Un sol d'une nature trop compacte.

On peut tirer de là cette conclusion générale que tout ce qui tend à intercepter la capillarité, tout ce qui a pour effet de rendre le sol plus perméable, de faciliter l'infiltration de l'eau pluviale est un remède contre le mal.

Mais des conclusions générales ne peuvent pas nous suffire ; c'est un devoir pour nous d'entrer dans les détails.

Je placerai sous quatre paragraphes distincts les faits indiqués par la théorie où constatés par l'expérience :

1° Les amendements; 2° les labours, 3° les arrosages naturels où artificiels; 4° les engrais.

Quelques faits spéciaux mériteraient peut
être d'être rangés dans une catégorie à
part; nous les placerons sous chacun des
paragraphes avec lequel ils ont le plus
d'analogie; une division trop multipliée
jetterait de la confusion dans l'ensemble.

I

AMENDEMENTS

Le sable mêlé à la terre primitive produit les meilleurs résultats ; c'est un fait que l'expérience a constaté et que la Providence a écrit en lettres immenses sur le sol.

Partout où, par l'effet d'une submersion où d'une rupture de digues, le fleuve jette

une certaine quantité de sable, le terrain
primitif est transformé et prend une fertilité immédiate.

Que dire après cela, de ces hommes
imprudents qui ont eu la malheureuse
pensée d'enfermer nos fleuves dans des
barrières infranchissables, qui ont substitué
l'infirmité de l'homme à la puissance répa-
ratrice des éléments et voué ainsi le sol
à une stérilité définitive ? Je considèrerai
toujours comme un honneur pour moi,
comme un titre à la reconnaissance de mes
concitoyens, d'avoir protesté hautement
contre cette mesure désastreuse, contre
cet outrage public infligé à la logique,
à la raison; malheureusement ma voix
isolée a été impuissante; on a cédé à un
entraînement fatal, peut être aussi à des
sentiments moins avouables !

Sans la création des digues, l'île de la Camargue se serait exhaussée naturellement et n'aurait plus besoin de digues; le sol aurait été amendé; le Valcarès, l'étang de Scamandre, les lagunes marécageuses de la Grand-Mar seraient des terres à blé.

Ce sont les plaines de la Russie méridionale, visitées annuellement par des fleuves non digués, qui écrasent notre marché de céréales; ce fait parle plus haut que tous les raisonnements humains [1].

[1] On attribue à Sa Majesté Napoléon III des paroles bien dignes de sa haute raison pratique; elles méritent d'être consignées ici.

Nous étions en 1856; l'Empereur avait été amené à Arles pour distribuer aux inondés des consolations et des secours; un fonctionnaire haut placé le suppliait de vouloir bien faire concourir le gouvernement, dans une très-large mesure, à l'exhaussement des digues *insubmersibles* du Rhône; Sa Majesté aurait répondu : « *Des digues* INSUBMERSIBLES, *on n'en fait plus; les digues* IN-

Je demande la permission de rappeler ici un fait particulier ; il confirmera, d'une manière évidente, la thèse que je soutiens :

Un des plus honorables habitants de la ville d'Arles, auquel je suis uni par des liens d'amitié, est propriétaire d'un domaine considérable, assis au milieu des

SUBMERSIBLES sont un non sens ; c'est un *capital mal employé*. » L'honorable interlocuteur aurait fait quelques objections que le souverain ne paraissait pas approuver ; les moments de Sa Majesté étant comptés, la conversation n'eut pas de suite.

D'après des documents certains, les digues du Rhône remontent aux premières années du onzième siècle ; le monde venait d'échapper, comme par miracle, — on le croyait du moins — à cette épreuve tant redoutée de *l'an mil*; les populations en liesse se livrèrent à des œuvres de géants, avec plus d'ardeur que d'intelligence ; c'est l'âge des châteaux forts, manifestations bizarres de l'orgueil humain en délire, repaires absurdes, quelquefois sanglants, de la féodalité.

En portant nos regards en arrière, en contemplant ces

terres salées de la Camargue ; la valeur de
ce domaine consiste surtout dans la dépaissance des troupeaux. Il voulut créer
autour de son habitation un jardin d'agré-
ment: ses efforts furent inutiles: les plantes, amenées de loin à grands frais, furent
dévorées par le sel ; il eut alors l'idée d'a-
mender le sol par un mélange de sable ;
dans le moment où je vous parle, on peut
contempler là un massif anglais d'une assez
belle venue ; cet état de prospérité sera-

roules étranges dans lesquelles la race humaine s'est
engagée successivement, on serait presque tenté de déses-
pérer, de répudier, comme un héritage funeste, la plus
noble de ses prérogatives, la liberté que Dieu nous a
donnée ; l'instinct offre des spectacles moins variés, mais
presque toujours moins absurdes !

Notre société moderne, si éprise d'elle-même, vaut-elle
mieux que celles qui l'ont précédée ? je le crois ; mais que
nous sommes loin du but ! que de misères, que de folies flottent encore, comme des épaves sinistres, à la surface de
notre civilisation !

t-il de longue durée? j'en doute; j'ai fait
part de mes craintes à mon ami; la couche amendée n'est pas, selon moi, assez
épaisse; autre considération : le sol du
jardin n'étant qu'à un mètre vingt centimètres au-dessus de la nappe salée, les
racines ne tarderont pas à atteindre cette
région inhospitalières; elles ne résisteront
pas à un contact empesté.

Les plantes à racines rampantes, un parterre, des fleurs auraient mieux réussi;
ici, comme dans les hauteurs de la science,
un peu de logique n'aurait pas été inutile;
mais l'homme est ainsi fait; les lois naturelles imposées à sa faiblesse doivent céder
à ses passions, à ses fantaisies; — c'est là,
disons-le en passant, la source la plus
abondante de nos malheurs ici-bas — mon
ami veut un parc anglais !

Il est facile de se rendre compte de l'action du sable dans l'hypothèse ci-dessus ; la surface, devenue plus perméable, a absorbé l'eau du ciel sur une assez grande épaisseur ; l'eau du ciel est devenue un obstacle insurmontable contre l'action ascendante de l'eau inférieure ; l'eau salée n'a pas pu s'emparer d'une place déjà occupée.

Si le sable entrait dans une trop grande proportion, il y aurait désordre ; c'est ce que l'on peut remarquer aux embouchures du Rhône, sur les bords de la mer à Aiguesmortes, dans ces plaines stériles qui, partant de la ville de Bordeaux, vont s'appuyer contre les premières assises des Basses-Pyrénées ; le sable est, par sa nature, infertile ; mêlé à une terre alumineuse, dans une certaine mesure, vingt

pour cent à peu près, il constitue un excellent amendement; il fournit, en outre,
un élément indispensable à la tige des gra-
minées, des céréales surtout.

Le sable n'est pas le seul amendement
possible; il en existe une foule d'autres;
mais il a l'avantage d'être sans valeur
intrinsèque, d'être placé très-souvent,
grâce aux débordements des fleuves, à l'action incessante des eaux de la mer, à des
distances peu éloignées.

Le plâtre, la chaux sont aussi d'excellents amendements; outre qu'ils agissent
mécaniquement en divisant, qu'ils surexci-
tent la végétation, ils ont encore l'avantage
d'essuyer le sol, de le dessécher quand
l'humidité est en excès; mais ces matières
fertilisantes sont placées d'ordinaire, par

la nature même des choses, par la consti-
tution géologique de notre planète, à des
distances considérables des terrains d'allu-
vion; leur prix est trop élevé pour qu'elles
puissent entrer comme élément dans la
production agricole.

Les engrais sont un puissant moyen d'a-
mendement; considérés à ce point de vue
seulement, ils méritent de fixer l'attention
du cultivateur; mais leur utilité ne se borne
pas là : nous aurons occasion de signaler
plus loin, outre leur nature essentiellement fertilisante, cette puissance d'absorption atmosphérique qui joue un rôle si
important dans les procédés de *dessale-
ment*.

II

LES LABOURS

Les labours agissent dans le même sens que les amendements ; ils divisent mécaniquement le sol et facilitent l'infiltration de l'eau pluviale ; ils rendent la terre plus spongieuse, plus propre à s'emparer de l'eau, des matières ammoniacales qui flottent dans l'atmosphère.

La puissance des labours est singulière-

ment augmentée si on a la précaution
d'enfouir, dans les raies de la charrue, du
triangle, des roseaux, une matière quel-
conque ayant pour effet de soulever le sol.

Par une espèce d'instinct où, mieux encore, par le résultat de l'expérience, nos
agriculteurs ne méconnaissent pas l'influence bienfaisante des labours ; aussi
font-ils subir à la jachère, qui doit être ensemencée l'automne prochain, des labours
très-fréquents, trop fréquents, selon moi;
je suis convaincu, en effet, que, pendant
les grands jours de l'été, les rayons du
soleil, les nuits sans rosée, vaporisent plus
que les labours ne peuvent absorber ; on
s'éloigne du but en faisant des efforts pour
l'atteindre.

Plus la charrue creuse profondément,

plus l'effet produit est considérable ; j'ai souvent ouï dire que la charrue à la Domballe avait, seule, dessalé la belle plaine qui s'étend entre le village de St-Laurent-d'Aigouze et la tour Carbonnière.

Un préjugé s'élève contre les labours profonds et ce préjugé fait beaucoup de mal; voici en quoi il consiste :

Lorsque la charrue atteint pour la première fois les couches inférieures du sol et les ramène à la surface, cette terre compacte, non encore imprégnée des influences atmosphériques, ne donne que de faibles récoltes ; on en tire cette conséquence qu'il faut s'abstenir des labours profonds, que les labours profonds appellent le sel à la surface.

C'est une erreur; l'expérience a démon-

tré que si, la première année, la récolte
est médiocre, elle est bien supérieure, les
années suivantes, à celle qui se produit
sur les surfaces effleurées par l'araire primitif; le préjugé n'en persiste pas moins
et, comme tous les préjugés, entraîne avec
lui des conséquences déplorables.

Il ne faut pas donner aux labours, même
aux labours profonds, une importance
qu'ils n'ont pas ; pris en eux-mêmes,
ils sont certainement insuffisants pour des-
saler le sol ; ils ne changent pas, comme
les amendements et les engrais, la nature
de la surface ; ils ne font qu'altérer mo-
mentanément une cohésion qui ne tarde
pas à se reformer ; c'est assurément l'un
des moyens les plus insuffisants.

Le piétinement des hommes et des ani-

maux, les tassements de toute nature sont
le contraire des labours ; ils doivent produire logiquement des effets opposés ; en
rapprochant les molécules capillaires , en
rejettant l'eau du ciel, ils tendent à faciliter l'ascension de la nappe salée; il
n'y a pas de salant plus difficile à guérir,
de plus *mauvais salant*, pour parler le
langage des cultivateurs, qu'un chemin
abandonné.

La jachère, mauvaise partout, est, dans
les plaines salées, un véritable fléau.

On trouve presque invariablement dans
les baux à ferme du littoral une clause
ainsi conçue : *Il est défendu au fermier d'a-
bandonner des terres cultivées;* l'on sait par
expérience qu'une terre abandonnée est
une terre définitivement perdue.

Un homme honorable[1], qu'une mort violente a enlevé depuis peu à l'estime de ses concitoyens, me disait un jour que la dépaissance des troupeaux, l'un des revenus principaux de la Camargue, détruisait plus qu'elle ne produisait; la destruction, selon lui, était la conséquence du piétinement des bestiaux; il y avait de l'exagération, sans doute; les troupeaux utilisent une herbe qui serait perdue pour le fermier; mais il y a certainement beaucoup de vrai dans l'affirmation de cet agronome expérimenté.

[1] M. Catherine Durand, ancien maire de Saint-Gilles, chevalier de la Légion d'honneur; selon lui, les bestiaux devraient être nourris à l'étable, surtout dans les propriétés dont le sol est trop compacte.

III

DES ARROSAGES

Dans les années pluvieuses les récoltes des terrains salés sont plus abondantes; l'eau pluviale est donc un remède contre le sel; c'est un fait incontestable; mais à une double condition : 1° l'eau ne doit pas courir sur le sol; 2° il faut que l'évaporation se fasse le plus lentement possible.

Afin d'atteindre ce but, on a imaginé, depuis longtemps, de répandre, sur la terre ensemencée, une couche de bálles de blé, de paille ou de roseaux ; ce procédé, joint à un bon système de nivellement, appliqué plusieurs années de suite, amène un résultat presque certain.

C'est un usage constant en Camargue, prescrit aux fermiers dans les conventions qui les lient aux propriétaires, que *le blé doit être scié à trente centimètres au moins au-dessus du sol ;* ce fait insolite, en apparence bizarre, contraire aux règles d'une bonne économie rurale, me surprit dans l'origine ; j'ai su depuis que, dans ce mode de fauchaison imposé, le chaume, faisant ombre, conservait plus longtemps l'humidité du sol.

L'un de mes voisins devait une servi-

tude de passage, destinée à conduire au
Rhône les troupeaux de l'une de ces nom-
breuses associations territoriales qui se
partagent la contrée et qui sont loin de
contribuer à sa prospérité; afin de se pré-
server le plus possible des conséquences
de cette servitude, de concentrer son obligation dans les limites rigoureuses de la
convention, il eut l'idée de borner le passage par des fossés mis en communication
avec les eaux douces d'une roubine; la
même année, comme par enchantement,
la surface du passage, établie en entier
sur un terrain salé, se couvrit d'une végétation abondante; elle s'est maintenue dans
cet état malgré le piétinement destructeur
des troupeaux; la faux passe, deux fois
par an, là où ne croissaient pas même, il y
a peu d'années, le carex marécageux, l'in-
gane salée.

Il y a là une indication précieuse qu'il convient de faire entrer, au plus tôt, dans le domaine de la pratique.

Coupez vos terres par des fossés; mettez ces fossés en communication avec l'eau douce!

On peut admirer une belle application de cette théorie, près de Saint-Gilles, dans le domaine de la *Palunette* appartenant à la famille de Gasparin.

M. Grulet, ancien élève de l'Ecole Polytechnique, l'un des agronomes les plus distingués du département de l'Aude, s'est engagé dans la même voie; le succès a répondu à ses efforts.

L'eau douce des fossés pénètre dans le

sous-sol et intercepte la capillarité ; l'eau pluviale, tombée à la surface, ne peut point courir et laver ; retenue par le jet des terres, elle s'infiltre nécessairement.

L'arrosage par submersion produit aussi d'excellents résultats ; nous en avons un exemple remarquable, à quelques kilomètres d'ici, dans la commune de Bellegarde ; une roubine de ceinture, puisant l'eau au canal de Beaucaire, inonde, en quelques heures, deux mille hectares de terrains, salés autrefois, qui sont devenus, sous cette influence bienfaisante, d'admirables prairies.

L'arrosage par submersion ne peut arriver à bonne fin qu'autant qu'il n'est pas accompagné d'intermittences trop fréquentes, trop prolongées ; s'il en est

autrement, l'argile se contracte, se fend;
les racines des plantes, mises à nu, se
dessèchent; le sel remonte.

On avait espéré, en 1856, que l'inonda-
tion diminuerait la salure; c'est le contraire qui eut lieu; ce résultat s'explique:
l'eau douce, dont la partie supérieure du
sol était imprégnée, ayant été absorbée
rapidement sous l'action dévorante du soleil de juin, et le niveau général de la
nappe souterraine s'étant exhaussé, les
effets de la capillarité se produisirent plus
abondamment.

La submersion ne conduit à un résultat
définitif qu'autant que, par une application continue, les détritus des plantes
dont elle a provoqué la puissante végétation, ont transformé la surface du sol.

IV

LES ENGRAIS

C'est ici, ah! c'est ici surtout que l'intervention de l'homme peut tout, que la médication est souveraine.

Les engrais, outre qu'ils fécondent le sol, qu'ils le rendent perméable, accessible à l'eau douce, à l'ammoniac de l'air, ont une attraction spéciale pour l'humidité répandue dans l'atmosphère, la faculté de la retenir fortement ; le sol le plus déshérité ne résiste pas à cette triple action.

Des expériences faites par Schubler et Humphry-Davy constatent les faits suivants, sur lesquels j'appelle votre attention d'une manière spéciale :

1° Si une terre argileuse peut absorber une quantité d'eau représentée par 60, l'humus peut absorber 190 ;

2° Tandis que la terre argileuse perd trente-cinq centièmes de l'eau qu'elle contient, l'humus, dans le même temps et dans les mêmes circonstances, n'en perd que vingt et demi ;

3° Si, dans douze heures, une terre ar-

gileuse absorbe, aux dépens de l'atmosphère, une quantité d'eau représentée par
15, dans le même temps et dans les mêmes circonstances, l'humus en absorbe une
quantitée représentée par 40.

De ces expériences incontestables , il
faut conclure que plus une terre devient
riche en humus, plus elle se dessale.

On peut en tirer aussi cette conséquence
qu'en dehors de son action sur le sel, le
fumier répandu en couverture, non en-
foui, doit produire un excellent résultat
dans nos contrées desséchées; c'est, du
reste, ce que la pratique a constaté; on
serait tenté de croire, au premier abord,
que l'on perd par l'évaporation plus qu'on
ne gagne par l'absorption ; le contraire
paraît certain.

4

La science, cet aspect brillant, ce développement merveilleux de l'âme humaine,
ne jette-t-elle pas sur la pratique, ici comme ailleurs, ses clartés vivifiantes?

Une Providence bonne, miséricordieuse
a placé le remède à côté du mal; non loin
des terrains salés sont de vastes marais
dont la végétation gigantesque peut être
facilement convertie en humus.

Des spéculateurs avides ont voulu, à
plusieurs reprises, détruire ces surfaces
marécageuses; la population de nos contrées a résisté et elle a bien fait; si leur
empirisme avait triomphé, nous n'aurions
ni terres ni marais!

Permettez-moi de vous rappeler un fait
qui s'est passé, au commencement du siècle, dans notre département:

Une compagnie puissante, se fondant
sur la loi du 16 septembre 1807, se fit con-
céder une immense étendue de marais qui
bordent nos plages méditerranéennes, à la
charge par elle de la *dessécher;* l'ouvrage
terminé, bien ou mal, elle se fit adjuger
la prime portée par la loi ; cela fait, elle
convertit en marais les marais qu'elle était
censée avoir desséchés ; les propriétaires
en firent autant ; tout le monde s'en est
bien trouvé ; l'agriculture locale n'y a rien
perdu ; il ne reste qu'un fait regrettable ;
un capital considérable a passé d'une po-
che dans l'autre sans compensation légi-
time ; c'est là un grand mal ! [1]

[1] Un riche propriétaire de la plaine de Bellegarde se plai-
gnait de ce que ses marais n'avaient pas été *suffisamment
desséchés;* il refusait de payer la prime ; une instance
s'engagea devant le tribunal de Nîmes ; les experts dési-
gnés pour constater le *desséchement* procédèrent *en ba-
teau!*

Les gouvernements veulent le bien ;
pourquoi ne le voudraient-ils pas ? mais
les gouvernements, on les trompe. N'a-t-
on pas persuadé au Grand Turc que son
empire, d'ailleurs si vermoulu, croulerait
infailliblement sans le concours des baya-.
dères et des enuques noirs ?

Voilà, Messieurs, l'ensemble des mesu-
res avec lesquelles on peut arriver au des-

L'on ne doit pas se méprendre sur le sens de mes paroles ; que les travaux de la compagnie concessionnaire
aient été utiles en eux-mêmes, je ne le conteste pas, je
le reconnais ; je soutiens seulement que si la compagnie
a été utile à quelqu'un, c'est surtout à elle-même, que
le contrat n'a pas été exécuté tel qu'il a été conçu dans
l'origine, que la prime n'était pas due.

La loi du 16 septembre 1807 n'est pas une abstraction,
une fantaisie arbitraire ; elle a un but précis, limité ; or
ce but n'est pas la *submersion* mais le *desséchement*.

L'Art. 2 est ainsi conçu : *Les desséchements seront exé-
cutés par l'Etat ou par des concessionnaires.* Le but
est si bien limité qu'on lit dans la disposition finale de

salement du sol ; prises isolément, elles ont une efficacité relative ; réunies, aucun obstacle ne peut leur resister.

Et que l'on ne croie pas que le but à atteindre soit sans importance ! Je soumets à vos appréciations des faits qui n'ont pas, il est vrai, une précision mathémati-

l'Art. 19 : *S'il reste dans les marais des portions qui n'auront pu être désséchées, elles ne donneront lieu à aucune prétention de la part des entreprises de desséchement.*

Les concessionnaires soutiendront-ils qu'ils ont desséché dans le sens de la loi, qu'ils ont converti nos marais en terres labourables ? Demandez-le aux pêcheurs du littoral ! Personne, mieux qu'eux, ne peut le savoir ! Ont-ils satisfait surtout à ce besoin de salubrité, base principale de cette législation exceptionnelle ?

La justice a des règles strictes, rigoureuses, qu'on ne peut pas violer impunément ; si on les viole, la raison, la conscience protestent !

Sur la manière dont la concession a été exécutée, il y aurait d'autres choses à dire ; je veux m'en abstenir !

que, mais qui se rapprochent de la vérité,
autant que cela est possible en pareille
matière.

D'après des statistiques locales, je porte
à deux cent mille hectares les terrains salés qui s'étendent, au nord de la Méditerranée, depuis Nice jusqu'à Perpignan ;
en fixant à cent francs l'hectare le fermage
du terrain dessalé, ce qui n'a rien d'exa-
géré, on arrive à un produit de vingt mil-
lons de francs ; à quoi il faut ajouter la
portion du fermier, déduction faite de ses
dépenses annuelles et de l'intérêt des capitaux engagés ; elle peut être raisonna-
blement fixée à la moitié du fermage, soit
dix millions, total trente millions par an ;
ce sont donc trente millions par an qui
seraient versés dans la richesse générale,
dans cet immense réservoir où se puise

l'alimentation de tous, riches et pauvres, faibles et forts, savants et ignorants ! où puise aussi, contre tout droit, l'homme inerte, sans dignité morale, qui manque à la loi providentielle du travail.

Le phénomène des terrains salés se produit aussi sur la longue côte de l'Océan Atlantique; nous devons reconnaître néanmoins que, dans ces parages, il est, en partie, neutralisé par des pluies plus fréquentes, par la nature plus perméable du sol; cette double influence se fait sentir surtout dans ces plaines sablonneuses qui bordent le golfe de Gascogne.

Veuillez considérer, Messieurs, que je ne parle ici que de la France, de notre côte méridionale, d'un point, en quelque sorte, imperceptible sur la carte de l'Europe ; que serait-ce si ma pensée se portait sur l'Espagne, sur l'Italie, sur les immenses plages de l'Océan Pacifique, partout où les lisières argileuses des continents sont battues par les eaux salées; on arriverait à des chiffres que l'imagination peut à peine concevoir !

En présence de ces faits, pourquoi ne se met-on pas résolument à l'œuvre? Le voici :

Il y a dans la nature de l'homme, à côté de ce noble rayon d'en Haut, de cet ardent désir de connaître, qui relèvent sa dignité et enfantent tant de merveilles, une espèce d'inertie morale, une crédulité naïve qui le rendent esclave des préjugés;

il se laisse bercer volontiers par les apparences de la vérité.

Pour lui *le soleil a tourné autour de la
terre pendant six mille ans!* Il n'a consenti
à croire le contraire qu'après des luttes
acharnées et même, selon l'usage, qu'a-
près avoir versé un peu de sang.

Contre l'évidence des faits, les lumières
saisissantes de la théorie, nos agriculteurs se traînent encore dans les vieilles
ornières de la jachère, au grand préju-
dice de leur bourse et du bien-être de
leurs concitoyens.

Il serait intéressant au point de vue
philosophique, de constater les lois mys-
térieuses qui président à cette nature com-
plexe, de rechercher les causes secrètes

qui amènent des résultats si opposés ; ce n'est pas ici le lieu.

C'est un préjugé profondément enraciné dans nos contrées méridionales que les terrains salés, sont des terrains *maudits*, voués, quoiqu'on fasse, à une stérilité définitive ; c'est un *mauvais salant*, vous dit-on, *il n'y a rien à faire!* Voilà l'obstacle le plus direct, le plus certain ; ce n'est pas le seul.

La suppression de l'échelle mobile, conséquence naturelle du libre échange, a jeté dans une situation fâcheuse nos propriétaires de terres à blé ; je ne blâme pas personnellement cette mesure, je la crois bonne en elle-même ; il n'est pas juste que le propriétaire de terres à blé, s'enrichisse outre mesure aux dépens des consomma-

teurs, qu'on le débarrasse d'une concur-
rence utile, nécessaire au développement
de la richesse générale, qu'il puisse dormir
pendant que les droits veillent pour lui ;
mais ne pourrait-on pas dire : — pourquoi
ne le dirions-nous pas puisqu'on nous le
demande ?

La suppression de l'échelle mobile a été
appliquée d'une manière trop brusque,
trop inattendue ; on n'a pas laissé aux propriétaires de céréales le temps de chercher
leur salut dans une autre voie.

Rompre avec le passé, se frayer une
direction nouvelle en agriculture, n'est
pas chose facile, aussi facile que peuvent
le supposer nos économistes de l'Institut
en prenant leur café au lait où en jouant
au trictrac ; que de capitaux à créer ! que

de capitaux créés à détruire! et puis ne
faut-il pas tenir compte des habitudes prises, des impôts à payer, des chemins à
réparer, des enfants à nourrir, des églises
à construire, car Dieu passe avant tout?
Tout cela payé et bien payé, comme chacun sait, que reste-t-il? Tout est facile
aux hommes de génie, où à ceux qui ont
la prétention de l'être, quand ils sont bien
rentés et qu'ils digèrent bien; il en est
autrement de nos fermiers, de ce côté-ci
de la France; des autres, j'en ai moins
de nouvelles; je serais tenté de croire que
leur sort n'est pas meilleur; c'est eux pour-
tant, ce sont leurs efforts modestes qui
nourrissent les hommes de génie et même
ceux qui n'en ont pas !

On a dit ailleurs que la suppression de
l'échelle mobile n'avait eu aucune influence

sur l'abaissement successif du prix des céréales ; erreur limitée, mais erreur mani-
feste ! Pourquoi nier ce qui est? La vérité,
l'austère vérité n'a rien de commun avec
les faiblesses de l'homme, avec les appréciations plus ou moins intéressées ! C'est
un axiôme en économie politique, que
plus une denrée est abondante, plus le prix
de cette denrée descend ; or est-il possible
de ne pas reconnaître que les blés, pénétrant dans l'intérieur par la Méditerranée
ou par l'Océan, rendent le blé plus abon-
dant? L'effet est plus ou moins considérable, mais il est certain ; il est moins considérable, à coup sûr — je suis heureux de
pouvoir le proclamer hautement — que ce
qu'on a bien voulu le dire dans un intérêt
peu louable en lui-même, et qui ne trou-
vera pas de l'écho ici ; d'autres causes
que notre faiblesse ne pouvait point con-

jurer et qui n'étaient, au fond, qu'une bénédiction de Dieu, ont concouru au résultat.

L'abaissement du prix des céréales, considéré en lui-même, est-il un mal? C'est une autre question; nous devons venir en aide aux souffrances de l'agriculture, sans doute; ce devoir est devenu une nécessité; mais devons-nous, obéissant à un patriotisme mesquin, perdre de vue le tisseur de la *Croix-Rousse*, le veloutier de Saint-Etienne ou de Rouen, le pêcheur de sardines des côtes du Finistère? Ne sont-ils pas, eux aussi, nos frères, nos concitoyens, nos amis? Ne contribuent-ils pas, dans la mesure de leurs forces, au bien-être de notre commune patrie? L'individu ne voit que lui, l'homme d'Etat doit voir l'ensemble!

Le crédit, cet élément nécessaire, indispensable à toute entreprise, même la plus humble, manque à l'agriculture.

Les économistes ont signalé depuis longtemps comme des obstacles très-sérieux au crédit de la terre le peu de régularité dans le service des intérêts, l'incertitude sur la rentrée du capital, la dépopulation toujours progressive des campagnes; ils ont signalé, surtout, ces formalités compliquées, dispendieuses, dangereuses pour le prêteur inexpérimenté, à travers lesquelles il faut nécessairement passer pour arriver à la liquidation du gage; on veut protéger la propriété, on la tue!

Découvrons, à notre tour, une plaie hideusement saignante :

Les capitaux provoqués, surexcités par

des primes immorales, par une presse ga-
gée, par des affiches menteuses, vont s'en-
gouffrer dans les coffres des nations d'où ils
ne sortent, d'ordinaire, que sous forme de
dépenses improductives; les plus habiles,
les plus chamarrés, j'allais presque dire les
plus estimés, sont ceux qui réussissent le
mieux à faire jouer cette merveilleuse tire-
lire; nous avons les Ottomans, les Autri-
chiens, les Espagnols, les Mexicains, les
Tunisiens! Que n'avons-nous pas grand
Dieu!

Je connais un bourgeois de notre cité,
homme très-moral d'ailleurs, dont la fortune entière, péniblement amassée, est
allée, à travers le détroit des Dardannelles,
défrayer les odalisques du serail; elle aurait pu être mieux employée, il faut en
convenir!

Au moment où je trace ces lignes, une caisse s'ouvre.... pour recevoir! c'est celle d'Ismaël.

Ecce iterùm...... , etc. (Juvénal).

Ce riche Nabad des bords du Nil (le pays des crocodiles) nous fait savoir, par ses porte-voix, que lui aussi a besoin d'argent: il nous offre, à titre d'hypothèque, non point des moutons, c'est une misère indigne de lui, une vilainie de son sultan, mais 153,000 hectares de terres à blé, lui *appartenant;* c'est beaucoup, beaucoup trop, selon moi !

L'affiche nous dit encore — avec du noir sur du blanc que ne dit-on pas? — que nous n'avons pas du temps à perdre, qu'il faut se presser; la moitié seulement de ce

5

papier merveilleux nous est réservée ; l'autre moitié est destinée à passer le détroit ;
un ami profondément versé dans les mys-
tères financiers et, un peu aussi, dans les
habitudes d'Outre-Manche, me fait remarquer, avec ce discernement, cette perspi-
cacité qui caractérisent son intelligence,
que nous pourrions bien être *gratifiés* du
tout, qu'il ne s'agit pas ici de vendre du
fer laminé ou des chapeaux de feutre !

On a oublié de nous dire ce qu'Ismaël-
Pacha veut faire des 80 millions qu'il nous
demande ; c'est une lacune regrettable ; il
se propose de les employer, dit-on, à
exterminer les Ethiopiens, ses rebelles
sujets, qui s'obstinent à ne pas lui en-
voyer régulièrement leur contingent de
gruau ; merci pour l'humanité ! j'aimerais
mieux autre chose !

Une souscription nouvelle se montre à l'horizon, dans la direction du Sud-Est ! Elle se dégage péniblement des brouillards du Tibre ; je n'en dirai rien ; on m'en saura gré, je l'espère ; *res sacra miser !*

Excellent pays de France ! Grand au dedans et grand au dehors, terre des glorieux souvenirs (*Virûm magna parens!* Virg.), providence de ceux qui souffrent, toujours gai, mais toujours *payant !*

De tous ces capitaux répandus ainsi à profusion dans toutes les capitales de l'Europe, jetés, en quelque sorte, à la face de tous les gouvernants, de quiconque est plus ou moins dey ou pacha, l'habitant des campagnes ne peut pas détourner à son profit le moindre lambeau ; ne trouvant pas dans la bourse de son ami, de son voisin, un

capital qui n'y est plus, il est réduit à la
triste nécessité de ne point améliorer le
sol; c'est beaucoup qu'il puisse vivre; la
fortune publique va s'affaiblissant!

En échange de votre argent, vous avez des
titres, nous dit-on, cela est vrai, mais ces
titres, de quel secours peuvent-ils être pour
l'agriculteur, pour l'homme des champs?
Avez-vous entendu dire qu'un propriétaire
ait confié à son fermier, à titre d'avance,
une obligation ottomane ou un papier ar-
tistement lithographié du bey de Tunis?

Et puis ces titres, si élégants en eux-
mêmes — nos assignats, du moins, de dou-
loureuse mémoire, n'avaient pas pour eux
la séduction de la forme [1] — Ces titres

1 J'ai pu juger le fait par un paquet de cent douzaines
d'assignats que les rats ont respectés, ou à peu près; on

offrent-ils toutes les chances possibles de
sûreté, comme le crient, à tue-tête, des
hommes et des papiers payés pour cela?
On affirme que, sur les capitaux exportés,
800 millions, à peu près, sont aujourd'hui
définitivement perdus; c'est un gros de-
nier, comme on voit, avec lequel nous
aurions pu réparer nos chemins ruraux,
à la grande satisfaction des agriculteurs.

Je connais une contrée en France [1] où
l'on ne peut entrer et d'où l'on ne peut sor-
tir qu'en payant, où les denrées pour-
rissent sur place faute de pouvoir être
transportées, où il en coûte aussi cher

les conserve religieusement — je ne sais pas pourquoi par
exemple! — dans une pauvre famille qui manque de pain,
à côté d'une collection *complète* d'almanachs! Les Répu-
blicains ont des allures moins raffinées, des moyens de
persuasion plus énergiques!

[1] La Camargue.

pour amener le blé au marché voisin que
s'il arrivait des bords de la mer Noire, à
travers la mer de Marmara et le détroit
des Dardannelles; on ne peut pas circuler
sur les chemins avec une charrette vide;
ils sont dans le même état où étaient tous
les chemins, au dire de Labruyère, il y a
deux cents ans, sous le règne du feu roi
Louis XIV, qui employait son argent à
autre chose, d'où grand mal lui advint,
comme vous l'avez peut-être entendu dire!

Les primes *encaissées* ont-elles comblé
cet énorme déficit? Qui oserait le soutenir?
L'auraient-elles comblé, qu'on ne devrait
pas moins les proscrire comme une chose
essentiellement immorale. Y a-t-il quelque
chose de plus immoral, de plus contraire
à l'intérêt public que de faire espérer
à l'homme qu'il peut s'enrichir sans tra-

vailler? Si l'on pouvait mettre à nu le désordre déjà produit par cette lèpre de notre époque, on serait effrayé! En quoi diffère-t-elle de la défunte loterie? Pourquoi poursuit-on, et on a raison de le faire, un pauvre diable qui fait jouer, en plein vent, un canard sauvage ou une écuelle façon-porcelaine? Serons-nous toujours dupes des mots?

Il faut être juste en tout; avec cette loyauté qui ne devrait jamais abandonner l'homme qui tient une plume, je dois reconnaître que les créanciers futurs du Grand Turc auront une *hypothèque sur les moutons de Roumélie!*

Recette admirable! Garantie certaine de la foi promise! Celui qui a trouvé ça ne laissera certainement pas à autrui l'honneur de l'invention ; il tiendra le haut du pavé jusqu'à ce qu'un autre fasse mieux !

En France, où nous sommes naturellement portés aux interprétations fâcheuses, on sera peut-être tenté d'exprimer la chose *autrement*.

Les plus *moutons* de tous ne sont pas ceux qu'on pense !

Je supplie le lecteur de ne pas donner à ma pensée une portée qu'elle n'a pas ; ce que je blâme , ce que je veux blâmer exclusivement, c'est l'*exportation* des capitaux, exportation que je considère comme essentiellement funeste à notre prospérité nationale.

J'ajoute qu'il ne peut être question ici que de l'exportation par voie de *placement* et non de l'exportation par voie d'échange ; on me rendra cette justice , je pense , que

je ne veux pas proscrire le commerce; le
commerce n'a rien à faire ici; recevoir,
en échange de son argent, une tonne de
bois de Campêche, ou une coupure de
l'emprunt mexicain , même avec prime,
ce n'est pas la même chose !

Nos pères avaient foi au sol, à cette
force cachée, toujours agissante et toujours nouvelle; nous avons foi, nous, à
la rouge et noire; nous encensons cette
divinité aveugle et stérile que l'on appelle
le hasard ! Les industries bâtardes, le
bal Mabile, les mines de Saint-Berain,
les dîners économiques nous envahis-
sent et font fureur; nous déplaçons la
richesse au lieu de la créer; les voleurs
ne font pas autre chose ! on dirait que
*Dieu nous a donné des yeux pour ne point
voir !*

Je m'arrête, Messieurs; je craindrais, en allant plus loin, de franchir les limites de vos attributions, sagement tracées par ceux qui nous ont précédés; à quoi bon d'ailleurs les développements ? A des hommes tels que vous, ne suffit-il pas d'indiquer?

FIN.

TABLE DES MATIÈRES

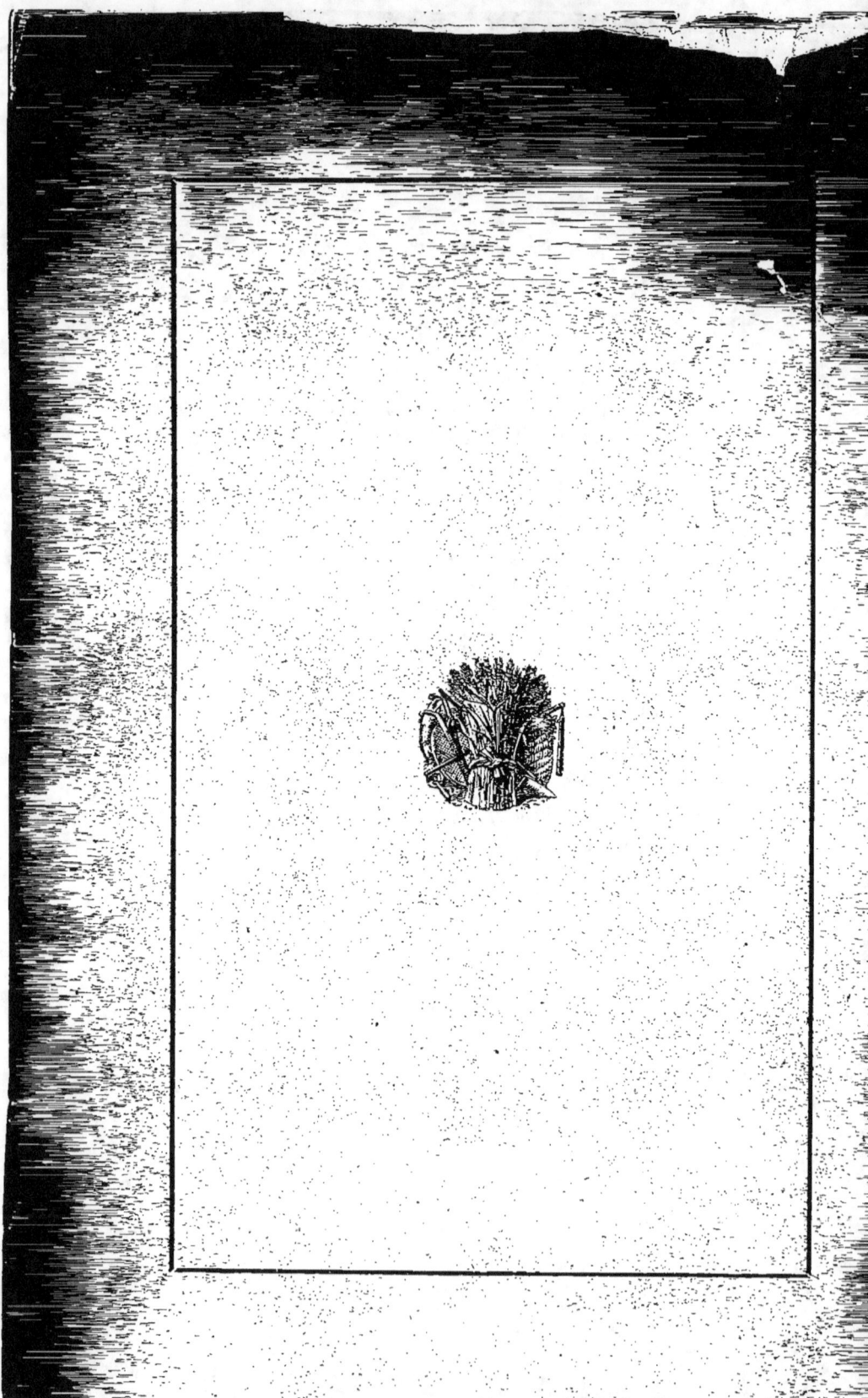

www.ingramcontent.com/pod-product-compliance
Lightning Source LLC
Chambersburg PA
CBHW070814260626
47161CB00006B/2284